감정도
디자인이
될까요?

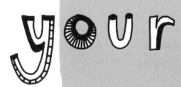

감정도
디자인이
될까요?

초판 인쇄 2019년 1월 20일
초판 발행 2019년 1월 20일

지은이 고선영

펴낸곳 다른상상
등록번호 제399-2018-000014호
전화 031)840-5964
팩스 031)842-5964
E-mail songa7788@naver.com

ISBN 979-11-964469-2-5   03810

독자 여러분의 책에 관한 아이디어나 원고 투고를 설레는 마음으로 기다리고 있습니다.
이메일로 간단한 개요화 취지, 연락처를 보내주세요. 독자님과 함께 하겠습니다.

한동안 죽을 궁리만 하다가
문득 그런 생각을 했습니다.
죽는 건 언제든 할 수 있어.
그러니까 오늘 하루는 하고 싶은 걸 하자.

뭘 할까, 고민하다가
펜을 들었습니다.
뭘 그려야 할지 막막했지만
그저 끄적거렸습니다.

처음엔 아무런 변화가 없었지만
그렇게 한 달이 지나고 세 달쯤 되었을 때
마법처럼 마음의 물결이 잔잔해졌습니다.

신기하게도 살아갈 용기도 생겼습니다.

지금도 여전히
내 안의 감정을 디자인하면서
내 감정을 알아차리고 평정을 찾습니다.

보듬어주고
잘했다고 인정해주고
무엇보다
내 마음이 하는 이야기를
찬찬히 들어줍니다.

감정을 그리면서 말이죠.

죽고 싶은 마음이 들 때가 있습니다.

고단한 하루를 보내며
겁에 질린 거북이처럼

목을 쏙 움츠리고만 싶은 날

연애도 하고 싶고
원하는 일도 찾고 싶고
안락한 나만의 공간도 갖고 싶은데

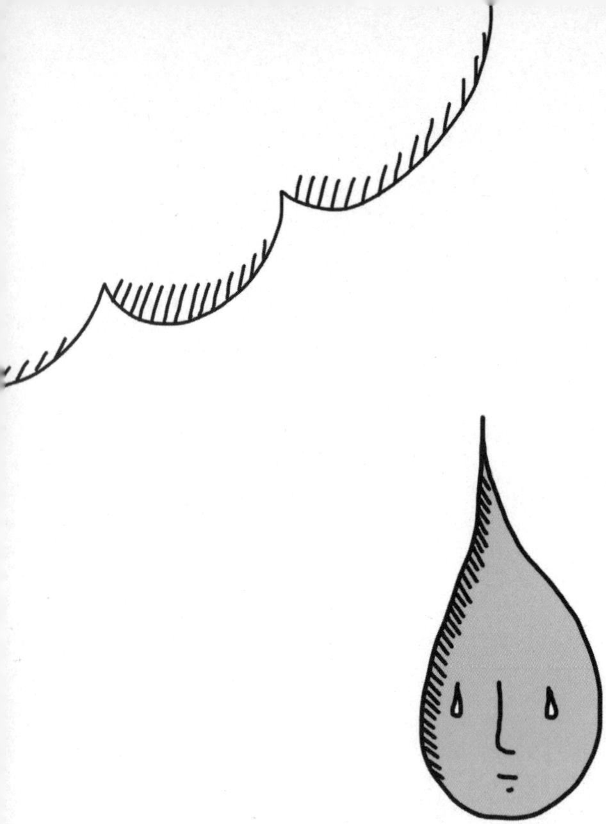

뭐 하나
뜻대로 되지 않고

어떤 것도
하고 싶지 않은 날

한없이 초라해지는 나…

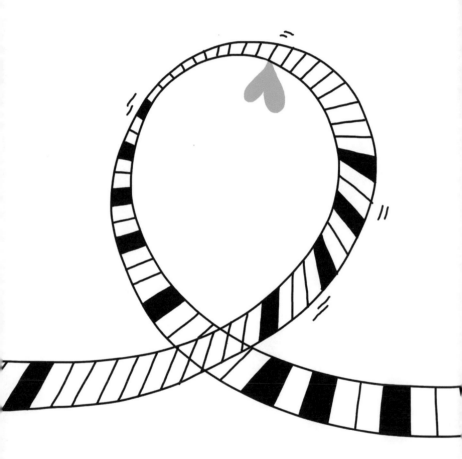

감정이 롤러코스터를 타고

감정이
파도칠
때

Design your EMOTION

감정도
디자인이
될까요?

기분이
가라앉는 날

빛도 보이지 않고

굼벵이가
된 것 같은
기분이
든다면

그럼

꺼내세요.

연필도 좋고 펜도 괜찮아요.

뭘 그릴지
생각나지 않아도
상관없습니다.

'점' 하나만
찍을 수 있다면

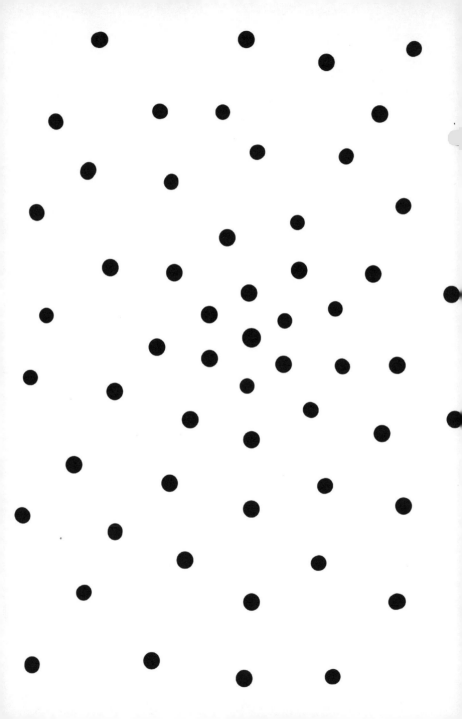

많아봤자
'점'이겠지만

예쁜 가방을
그릴 수도 있습니다.

풀밭을 뛰어가는

토끼의

꼬리를

디자인할 수도 있고

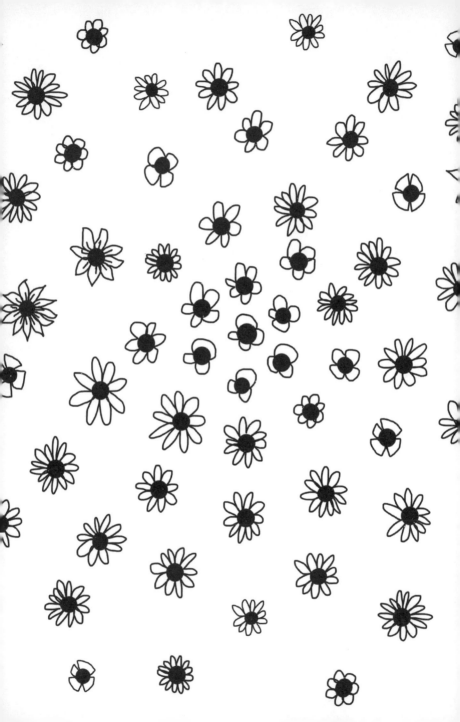

향기 좋은 꽃밭에

앉아 있는

나를 디자인할 수도 있습니다.

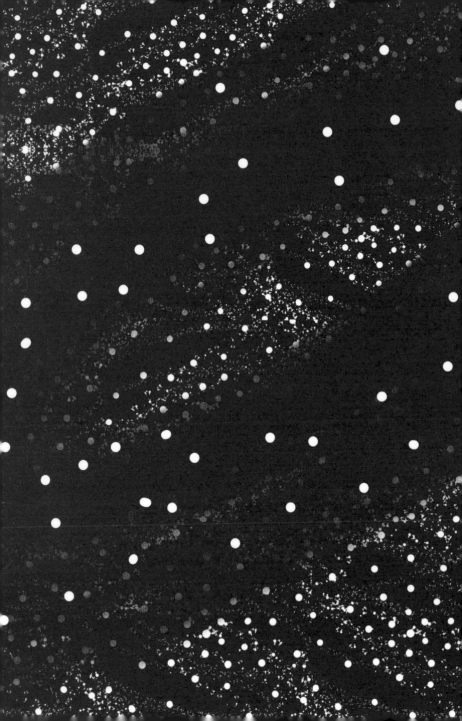

광활한 우주를
디자인할 수도 있죠.

‘선’ 하나만
그릴 수 있다면

해가 지는 걸

그릴 수도 있지만

기왕이면

해가 환하게 뜨는 걸로!

힘차게 햇살을 받으며
나아가는 상상을 할 수도 있습니다.

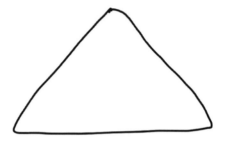

‘세모’ 하나만
그릴 수 있다면

피자 한 조각이 떠오르지만

다 함께 먹을 수 있게
군침 도는
피자 한 판을
디자인할 수도 있습니다.

나비의
화려한 날개를
상상하기도
하고

멀리 피라미드를 보며
낙타를 타고 여행하는 나를
상상하기도 합니다.

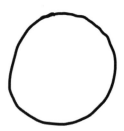

'동그라미' 하나만

그릴 수 있다면

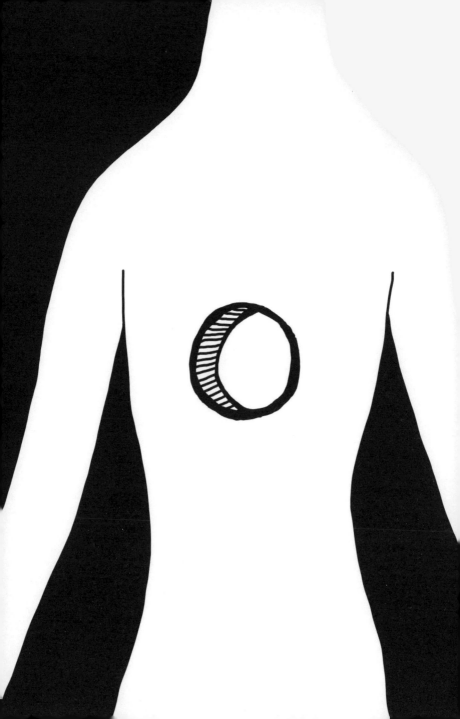

가슴에 뻥 뚫린 구멍을
그릴 수도 있지만

아름다운 목걸이가 되기도 합니다.

쓸쓸한

나무 밑동이 생각나

마음이 울적한 날도 있지만

누군가 나에게 건넨

따뜻한 코코아 한 잔이

떠오르는 날도 있습니다.

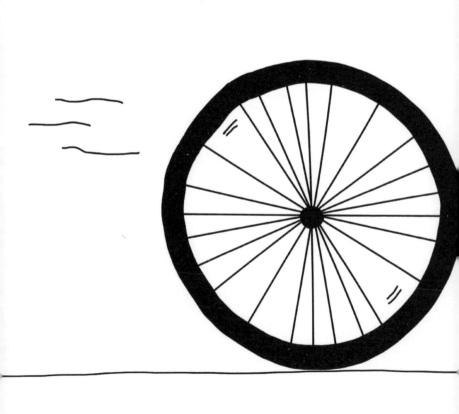

'동그라미'를
그릴 수만 있다면…

어느새 나를 태우고 언덕을 내달리는
자전거의 바퀴가 됩니다.

가끔은

나를 바라보는

동그란 눈동자를

디자인하기도 합니다.

'구불구불 선' 하나만
그릴 수 있다면

오늘 내 마음을 할퀸

날카로운 말이 생각나기도 하지만

zzz

내 마음을 훔친
순하고 애교 많은 고양이의
꼬리가 되기도 하고

온 힘껏 자신을 피워내는

깊은 산속의

고사리가 되기도 합니다.

'네모' 하나만

그릴 수 있다면

갇혀 있는 내 모습을
디자인할 수도 있겠지만

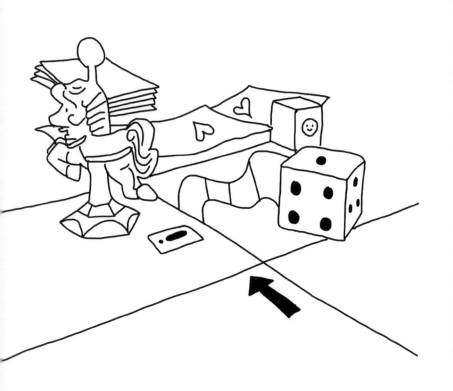

왁자지껄한
웃음이 있는 시간을

디자인할 수도
있습니다.

선물 같은 오늘 그리고 내일을
디자인할 수도 있습니다.

내 마음의 소리에

귀를 기울이면

EM•TiON

감정을

디자인할 수

있습니다.

내가 상상하는 대로!
내가 원하는 대로!

감정도

삶도

디자인할 수 있습니다.

어깨가 축 처질 때

외롭다고 느낄 때

뭘 해도 재미없을 때

속상하고 억울할 때

낙서하듯 끄적거리면

마법 같은 일이 일어납니다.

EM●TiON

내 감정에

가만히

귀를 기울여보세요.

DESIGN your EMOTION

내 감정을 알아차리는 건
생각처럼 쉽지 않아요.
왜냐하면 내 감정을 들여다보는 일이
그리 유쾌하지 않기 때문이죠.
부정적 감정에 사로잡혀 허우적거릴 때
내 감정만 제대로 알아차린다면
자신과 마주하는 일이
조금은 편안해질 수 있어요.

이제 나의 감정 속으로~

오늘 당신의 감정은 어땠나요?

전원이 꺼진 듯한 기분이라면

리셋 버튼으로

모든 걸 되돌리고 싶다면

가만히 내 감정을 그려봅니다.

오늘 감정 어떠세요?

'울거나 혹은 웃거나' 없나요?

우리의 감정은

그렇게 단순하지 않아요.

속상해   불쾌해

뿌듯해   짜증나   자랑스러워

행복해   조마조마해

답답해

슬퍼   우울해

억울해   **한번 떠올려보세요**

초조해

외로워

신나   기대돼

불편해

불안해

두려워   미안해

무서워

신나

그리워

걱정돼

신기해

좋아

화나

설레

편안해

유쾌해

쓸쓸해

오늘 당신의 감정은 어땠나요?

통쾌해

서러워

벅차

사랑해

후련해

즐거워

고마워

안타까워

속상해

서러워

불쾌해

걱정돼

그리워

짜증나

억울해

우리는 뭐든
구분 짓기를 좋아하지만

조마조마해

내 마음속에는
여러 가지 감정들이
숨어 있어요

우울해

외로워

답답해

슬퍼

화나

부끄러워

안타까워

초조해

불편해

미안해

불안해

무서워

두려워

뿌듯해

신나

행복해

통쾌해

궁금해

좋아

신기해

자랑스러워

신나

기대돼

편안해

사랑해

고마워

유쾌해

설레

후련해

기대돼

괜찮아

불안해

부정적 감정이라고
억누르지 말아요

즐거워

어떤 감정이든
표현하는 것이 중요해요

벅차

짜증나

뿌듯해

불쾌해

속상해

그리워

불편해

조마조마해

두려워

우울해

답답해

행복해

슬퍼

외로워

신나

다만
하나의 감정이
너무 커지거나

초조해

미안해

계속 생각나서 나를
따라다니면

불안해

무서워

행복해

서러워

감정 디자인이
필요한 때!

궁금해

통쾌해

신기해

신나

좋아

화나

편안해

안타까워

설레어

후련해

벅차

불안해

괜찮아

고마워

기대돼

사랑해

즐거워

Design your Emotion

최근 내 마음속에서
아우성쳤던 감정
일곱 개를 골라봤어요.
함께 그림으로 표현하고
감정을 디자인해볼까요?

시작하기 전에

1. 한꺼번에 다 하지 마세요. 일주일에 하나씩 천천히 하면 좋아요.
   마음의 소리를 잘 들어보세요.

2. 평소 자신이 많이 느끼는 감정으로 연습해도 좋아요.

3. 잘 그리려고 너무 애쓰지 마세요. 감정이 중요하니까요.

속상해

화나

불안해

외로워

억울해

슬퍼

우울해

* '우울해'는 먼저 살펴보지 말고 다른 감정을 다 경험하고 난 후 디자인해보세요.

속상해

안타까워

불쾌해

걱정돼

화나

억울해

조마조마해

짜증나

답답해

우울해

속상해

슬퍼

외로워

부끄러워

미안해

초조해

불편해

불안해

두려워

무서워

그때 무슨 일이 있었던 거죠?
나를 속상하게 한 일을 떠올리며 적어보세요.

속상해

속상해   속상해

속상해

속상해
속상해
● 속상해   속상해
속상해   속상해

속상해   속상해

속상해

속상했던 감정이
내 속에서 기어 나와
'점' 하나에
쏙 들어간다면…

속상해

속상해

나의 '속상해'가 점이 되었다고 상상하고 속상했던 만큼 점을 그려보세요.

감정이 널뛰는 밤
감정이 롤러코스터를 타는 밤
감정이 곤두박질치는 밤

그런다고 세상 끝나지도 않고
쉬이 잠잠해지지도 않아

그러니까,

오늘은 두둑하게 먹고 뜨뜻하게 입고
쿨쿨 자는 거 어때~

이제는 '속상해'가
'점'에 갇혀 있다고 상상해보세요

●

'점'을 보고 떠오르는 것이 있다면 그려요!

바람 불 때

이불 속은
포근하다
참 좋다

나도 지금
포근함이 필요해

속상했던 거
다 잊게 해줄
따뜻한 이불이 필요해

Design your Emotions
감정을 디자인해볼까요?

●

잘 생각나지 않는다면 꽃을 그려보세요.
아니면 점을 둘러싼 동그라미를 그려도 돼요.

어떤 걸 디자인할까요?
점인데 보기만 해도 기분 좋아지는 무당벌레?

Design your Emotions

마음대로 디자인해요

잘 생각나지 않으면 앞에서 본 걸 그려도 괜찮아요.

Design your Emotions

마음대로 디자인해요

웃고 싶은데

자꾸만 한숨이 나
이런 내가 싫은데
내 맘이 내 맘대로 안 돼

괜찮아 괜찮아 괜찮아

너만 그런 거 아니야
우리 모두 그래

속상했던 나를 상상해보세요.

이제 속상한 마음을
보내줄까요? 안녕~

속상했던 나에게 토닥토닥
짧은 위로의 편지를 써보세요!

나에게 "진짜 속상할 만했어" 하고 말해주세요

그리고 이제는 마음이 편안해진 나를 상상해요.

화나

안타까워

불쾌해

걱정돼

속상해

억울해

조마조마해

짜증나

답답해   우울해

화나

슬퍼

외로워

부끄러워

미안해   초조해

불편해

불안해

두려워   무서워

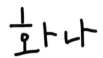

그때 무슨 일이 있었던 거죠?
나를 화나게 한 일을 떠올리며 적어보세요.

화나
화나
화나 화나
화나 화나
화나 ──────────── 화나
화나 화나 화나 화나
화나 화나

화나

화나

화가 난 감정이 내 속에서 기어 나와
'선' 하나에 쏙 들어간다면…

나의 화난 감정이 선이 되었다고 상상하며 선을 그려보세요.

나 화났어

얼굴이 빨개지고
나도 모르게 C가
내 입에서 흘러나온다

고릴라 같은 주먹과
호랑이 같은 고함을 쳐도
속이 풀리지 않는다

아아아아아아아아 악~
화가
활활 타오르는 순간

들키기 싫은 순간

이제는 '화나'가
'선'에 들어갔다고 상상해보세요

'선'을 보고 떠오르는 것이 있다면 그려보세요!

야!

나는 지금 화가 나는데
너는 어째서 그렇게 멀쩡하지

나는 지금
너 때문에 화가 나는데
너는 지금
어째서 웃으며 말하지

화가 너무 나
숨이 안 쉬어져

자, 숨을 크게 몰아쉬자
하나~
두울~
세엣~

Design your Emotions
감정을 디자인해볼까요?

잘 생각나지 않는다면 선을 더 그려보세요.
엇갈리게 그려도 좋고요.

어떤 걸 디자인할까요?
계단이나 사다리를 그려볼까요?

Design your Emotions
마음대로 디자인해요

선으로 된 거라면 뭐든 괜찮아요.

마음의 파도가
태풍처럼 밀려왔을 때
가만히 태풍을 들여다본다

얼마나 힘이 센지
나무도 우지끈 부러뜨리고
널어둔 빨래도 펄럭 날린다

마음의 파도가
잠잠해지고
그 파도 위에 별빛이
반짝

화가 났던 나를 상상해보세요.

'화나'가 다음번에 또 와도 우리 겁먹지 말아요
화가 폭발했다가 잦아들던 과정을
떠올려보세요
그 안에서 생각난 것을 짧게 적어보세요

그리고 이제는 마음이 편안해진 나를 상상해요.

불안해

안타까워

불쾌해

걱정돼

화나

억울해

조마조마해

짜증나

답답해   우울해

불안해

슬퍼

외로워

부끄러워

미안해   초조해

불편해

쓸쓸해

두려워   무서워

불안해

그때 무슨 일이 있었던 거죠?
나를 불안하게 했던 일을 떠올리며 적어보세요.

불안했던 감정이 내 속에서 기어 나와
'세모'가 된다면…

나의 '불안해'가 세모가 되었다고 상상하고 세모를 그려보세요.

걱정 그만~

늦잠 자서
늦으면 어쩌지

운동하다
다치면 어쩌지

키우다가
죽으면 어쩌지

걱정과 불안이
뾰족뾰족 찔러댄다

이제
그만!

이제는 '불안해'가 '세모'와
하나가 되었다고 상상해보세요

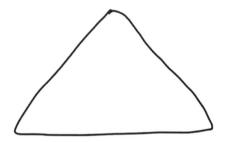

'세모'를 보고 떠오르는 것이 있다면 그려요!

빗소리가 들린다

땅으로 여행가는 소리
달리는 자동차와 부딪히는 소리
창문에서 미끄럼 타는 소리

마음에서 들리던
이런저런 소리도
빗소리에 묻히는 밤

Design your Emotions
감정을 디자인해볼까요?

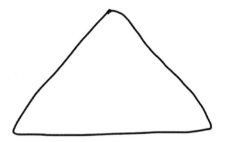

잘 생각나지 않는다면 세모를 몇 개 더 그려보세요.

어떤 걸 디자인할까요?
작은 세모가 받치고 있는 시소는 어떨까요?

Design your Emotions

마음대로 디자인해요

함께 타고 싶은 누군가를 그려도 좋겠네요!

두근두근
조마조마
불안불안

이유 없이 불쑥불쑥
찾아오는 불안

풍선에 바람이 차올라
점점 부풀듯
불안이 차오른다

자
바늘 들고 콕~
불안아 터져라

불안했던 나를 상상해보세요.

공연히 마음이 '불안해'지는 날이 있어요
내가 불안하게 생각하는 것을 적은 후
큰 글씨로 이렇게 적어보세요
'그런 일은 나에게 일어나지 않아!!!'

그리고 이제는 마음이 편안해진 나를 상상해요.

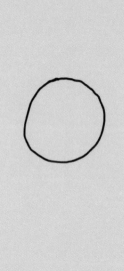

외로워

안타까워

불쾌해

걱정돼

화나

억울해

조마조마해

짜증나

답답해

우울해

외로워

슬퍼

속상해

부끄러워

미안해

초조해

불편해

불안해

무서워

두려워

외로운

그때 무슨 일이 있었던 거죠?
나를 외롭게 한 일을 떠올리며 적어보세요.

외로워

외로웠던 감정이
'동그라미'가 된다면···

나의 '외로워'가 동그라미가 되었다고 상상하고 동그라미를 그려보세요.

탁자 위에 놓인
나무 그릇 하나

나무 그릇이 탁자 위에 있는 건
집에 사람이 있고 없고와 같다
씨앗을 심고 안 심고와 같다

빈 컵과 향이 좋은 커피가 담긴 컵만큼이나 다르다

나무 그릇
여기에 지금
따뜻하게 함께 있다

우리

이제는 '외로워'가
'동그라미'와 하나가 되었다고
상상해보세요

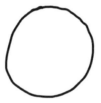

'동그라미'를 보고 떠오르는 것이 있다면 그려요!

외로울 때
시장을 간다

나한테 말 건네는
채소가게 아줌마
치킨집 아저씨
호떡 파는 청년

나를 응원하는
명태랑 문어
새빨갛게 힘내라는
떡볶이와 순대

외로울 땐 시장이다

감정을 디자인해볼까요?

동그라미로 표정을 그려볼까요?

색색의 달콤한 사탕을 디자인해도 좋고,
동글동글한 얼굴을 가득 그려도 좋아요!

Design your Emotions
마음대로 디자인해요

동그라미로 디자인할 수 있는 건 많아요.

내 발밑을 파고 들어가면
파고 또 파고 또 파서
지구 끝에 다다르면

거기엔 나와 똑같은
사람이 한 명 있지

지구 끝의 나는
언제나 나를 그리워하고
나를 사랑하지

언제나 나에게
사랑과 응원을 보내지

외로웠던 나를 상상해보세요.

나의 감정 '외로워'를 안아주세요!
누군가 나를 꼬옥 안아주는 걸
상상해보세요

그리고 이제는 마음이 편안해진 나를 상상해요.

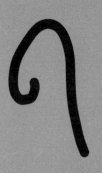

억울해

안타까워

불쾌해

걱정돼

화나

속상해

조마조마해

짜증나

답답해

우울해

억울해

슬퍼

외로워

부끄러워

미안해

초조해

불편해

불안해

무서워

두려워

억울해

그때 무슨 일이 있었던 거죠?
나를 억울하게 한 일을 떠올리며 적어보세요.

억울해

억울해 억울해 억울해 억울해 억울해 억울해

억울해

억울했던 감정이 내 속에서 기어 나와
'구불구불 선' 하나에 쏙 들어간다면…

'억울해'를 상상하면서 구불구불 선을 한가득 그려보세요.

알지
알지
네 탓이 아닌 거
내가 잘 알지
알고 말고

네가 잘못한 게 아니라는 걸
나는 알고 있어
그러니까 힘내
나는 너를 믿으니까

이제는 '억울해'가
'구불구불 선'에 있다고 상상해보세요

'구불구불 선'을 보고
떠오르는 것이 있다면 그려요!

하늘이 어둑어둑한 것처럼
마음이 어둑어둑한 날

음악을 틀까 하다가
바나나 우유를 들었다
달콤한 바나나 우유를 마시며
오늘 하루를 생각한다

바나나 우유 같은
하루를 보내야겠다

달콤하고, 든든하고
떠올리면 노오란
그런 하루

감정을 디자인해볼까요?

어릴 때 그렸던 '달팽이 집'을 그려도 좋죠.

어떤 걸 디자인할까요? 구불구불한 것?

Design your Emotions

마음대로 디자인해요

비를 몹시 기다리는 지렁이를 그려보는 건 어때요?

힘들었지?

오늘도 고된 일 많았지?

그래도 대단하네
집까지 왔잖아
무사히 왔잖아

그것만으로도 칭찬해!
잘했어!

억울했던 나를 상상해보세요.

'억울해'를 화장 지우듯 쓱쓱 지워보세요. 안녕~
'억울해' 글씨를 지우개로 지워도 되고,
그 위에 연필로 색칠해도 돼요

그리고 이제는 마음이 편안해진 나를 상상해요.

슬퍼

안타까워

불쾌해

걱정돼

화나

억울해

조마조마해

짜증나

답답해

우울해

슬퍼

속상해

외로워

부끄러워

미안해

초조해

불편해

불안해

두려워

무서워

슬퍼

그때 무슨 일이 있었던 거죠?
나를 슬프게 한 일을 떠올리며 적어보세요.

슬퍼

슬펐던 감정이 흘러나와
'네모' 속 상자가 되었다면…

나의 '슬퍼'가 네모로 기어가는 상상을 하면서 네모를 그려보세요.

마음이
퍼렇게
멍들어간다

더 번지지 말라고
손으로 모으고
애써도
자꾸만 번진다

걱정 마
괜찮아
번져도 커져도
점점 옅어질 테니까

이제는 '슬퍼'가
'네모'와 하나가 되었다고 상상해보세요

'네모'를 보고 떠오르는 것이 있다면 그려요!

노래를 들으면 물들어간다

슬픈 음악을 들으면
슬프게
신나는 음악을 들으면
신나게

내 마음도 똑같이
물들지
신기하지
멋있지
좋지

지금은 슬프지

어릴 때 먹은 네모난 아이스크림이 생각나요.
한입 먹은 걸 그래도 좋아요.

Design your Emotions
감정을 디자인해볼까요?

나를 기분 좋게 하는 네모난 모양을 그려보세요.

네모를 가득 그리고 그 안에 하트를 그려 넣어요.
지금 나에게는 사랑이 필요하니까.

Design your Emotions

마음대로 디자인해요

네모로 디자인할 수 있는 것은 많아요.

지나갈 거야

슬플 때는
'맘껏'이 중요해

맘껏
울어도 돼
맘껏
자도 돼
맘껏
먹어도 돼
맘껏
그려도 돼
맘껏
춤춰도 돼

네 맘껏
충분히
그러면 지나갈 거야

슬펐던 나를 상상해보세요.

슬펐던 감정과 헤어질 시간이에요
내 이름을 적고 '괜찮아'를 써보세요
한결 기분이 나아져요

그리고 이제는 마음이 편안해진 나를 상상해요.

우울해

안타까워

불쾌해

걱정돼

화나

억울해

조마조마해

짜증나

답답해

속상해

우울해

슬퍼

외로워

부끄러워

미안해

초조해

불편해

불안해

두려워

무서워

우울해

우울할 때 그 이유를 정확히 모를 때가 많아요.
그래서 우울한 이유를 스스로에게 질문해요.
나를 우울하게 만든 단서로 생각되는 것들을 쭉 적어보세요.

우울해

우울해

우울해

우울했던 감정이 내 속에서 기어 나와
내 눈앞에 펼쳐진다면…
어떤 모습일까요?

나의 '우울해'를 점, 선, 세모, 동그라미, 구불구불 선, 네모 중 어떤 것이라도 좋아요.
꼭 어떤 형태가 아니어도 상관없어요. 편하게 그려보세요.

시시하고
소소하고
한참을 생각하고
또 생각해도
뭐 이런 일로
감정이 상할까 싶고
그런 나 자신이 싫어서
또 마음이 상하고
이러지도 저러지도 못하니
결국은 우울해진다

그나마 그게 유일하게 할 수 있는 일이라서

그런 일로 맘 상한 내가
너무 치사하고 치졸해서
결국엔 우울해진다

에잇
그럴 수 있어

암!

이제는 앞장에서 그렸던 '우울해' 중에서
내 마음을 가장 잘 표현한 것을 골라
여기에 다시 그려보세요

'우울해' 그림에 "나도 나도 그런 적 있어"라고 소리 내어 말해보세요.

'우울'이가 찾아오면
반드시 체크할 것

배가 너무 고픈 거 아니야?
잠을 너무 못 잔 거 아니야?
대화를 너무 못 한 거 아니야?

이 세 가지 중
한 가지라도 체크하면

지금 바로
해결하기

따뜻하고 맛있는 거 먹기
포근한 침대에 쏙 들어가서 푹 자기
웃음소리 큰 친구에게 전화하기

Design your Emotions

감정을 디자인해볼까요?

나의 '우울'을 달래줄 '내가 좋아하는 음식'을 그려보세요.
또는 지금 대화하면 마음이 스르르 풀릴 '친구의 이름'을 적어보세요.

여러분의 '우울감'을 줄여줄 마법입니다!

우울한 생각이 점점 많아지고, 점점 잦아지고, 점점 커질 때
그 우울함을 잊을 수 있는 방법이에요.

이런저런 생각을 덮어놓고
'감사'를 한 바닥 가득 써보면 마음이 조금씩 괜찮아져요.

Design your Emotions
'우울'도 아름답게 디자인해요

'감사'라는 단어를 한가득 써보세요.

'감사합니다'를 외치는 날은

내 마음이 힘든 날
마음에 무게가 있는 것도 아닌데
무겁고 그래서 힘든 날
마음이 버겁고 무거울 때는
새털같이 가벼운 구름을 보고
어슬렁거리는 고양이의 사뿐한 발걸음을 본다

마법의 주문을 외치고
나 자신을 응원한다
감사합니다는
감사합니다라기보다는
감사하려고요
감사하고 싶습니다

나에게 일어난 감사한 일을
떠올리면서 '감사' 글자를 꾸며보세요

마법

어깨가 축 처질 때
외롭다고 느낄 때
뭘 해도 재미없고 우울할 때
감사합니다~아
감사합니다~아
감사합니다~아
작은 소리든 큰 소리든
반복하면 힘이 나는
놀라운 마법

우울했던 나를 상상해보세요.

이제 '우울해'를 보내줄까요? 안녕~
그리고 소리 내어 '감사합니다아~'를
외쳐볼까요?

그리고 이제는 마음이 편안해진 나를 상상해요.

당신의 감정이
당신의 것이기를 바라며…

**Design
your
Emotions**